LA VIE

DE

MARIANNE,

OU

LES AVANTURES

DE MADAME

LA COMTESSE DE***.

Par Monsieur DE MARIVAUX.

SECONDE PARTIE

A LA HAYE.

Chez JEAN NEAULME,

M. DCC. XXXVI.

AVERTISSEMENT.

LA premiere Partie de la *Vie de Marianne* a paru faire plaisir à bien des gens; ils en ont sur-tout aimé les Réfléxions qui y sont semées. D'autres Lecteurs ont dit qu'il y en avoit trop; & c'est à ces derniers à qui ce petit Avant-propos s'adresse.

Si on leur donnoit un Livre intitulé *Réfléxions sur l'Homme*, ne le liroient-ils pas volontiers, si les Réfléxions en étoient bonnes? Nous en avons même beaucoup, de ces Livres, & dont quelques-uns sont fort estimez: pourquoi donc les Réfléxions leur déplaisent-elles ici, en cas qu'elles n'ayent contre elles que d'être des Réfléxions?

II. Partie. *   C'est,

C'eſt, diront-ils, que dans des Avantures comme celles-ci, elles ne ſont pas à leur place : il eſt queſtion de nous y amuſer, & non pas de nous y faire penſer.

A cela, voici ce qu'on leur répond. Si vous regardez la *Vie de Marianne* comme un Roman, vous avez raiſon, votre Critique eſt juſte : il y a trop de Réfléxions ; & ce n'eſt pas-là la forme ordinaire des Romans, ou des Hiſtoires faites ſimplement pour divertir. Mais, Marianne n'a point ſongé à faire un Roman non plus. Son Amie lui demande l'Hiſtoire de ſa Vie, & elle l'écrit à ſa maniere. Marianne n'a aucune forme d'Ouvrage preſente à l'eſprit. Ce n'eſt point un Auteur, c'eſt une Femme qui penſe ; qui a paſſé par differens états ; qui a beaucoup vû ; enfin, dont la Vie eſt un Tiſſu d'Evenemens, qui

lui

lui ont donné une certaine connoiſſance du cœur & du caractere
des Hommes, & qui, en contant ſes
Avantures, s'imagine être avec ſon
Amie, lui parler, l'entretenir, lui
répondre ; &, dans cet eſprit-là ,
mêle indiſtinctement les faits qu'elle
raconte aux Réfléxions qui lui viennent à propos de ces faits : voilà ſur
quel ton le prend Marianne. Ce n'eſt,
ſi vous voulez, ni celui du Roman ,
ni celui de l'Hiſtoire, mais c'eſt le
ſien : ne lui en demandez pas d'autre. Figurez - vous, qu'elle n'écrit
point, mais qu'elle parle : peut-
être, qu'en vous mettant à ce point
de vûë-là, ſa façon de conter ne
vous ſera pas ſi deſagréable.

Il eſt pourtant vrai, que, dans la
ſuite, elle réfléchit moins, & conte
davantage, mais pourtant réfléchit
toûjours ; &, comme elle va changer
d'état, ſes Récits vont devenir auſſi

* 2

plus

plus curieux, & ſes Réfléxions plus appliquables à ce qui ſe paſſe dans le grand monde.

Au reſte, bien des Lecteurs pourront ne pas aimer la Querelle du Cocher avec Madame Dutour. Il y a des gens, qui croyent au-deſſous d'eux de jetter un regard ſur ce que l'Opinion a traité d'ignoble; mais ceux, qui ſont un peu plus philoſophes, qui ſont un peu moins dupes des diſtinctions que l'orgueil a mis dans les choſes de ce Monde, ces gens-là ne ſeront pas fâchés de voir ce que c'eſt que l'Homme, dans un Cocher; & ce que c'eſt que la Femme, dans une petite Marchande.

LA VIE

DE

MARIANNE,

OU LES

AVANTURES DE MADAME LA COMTESSE DE ***.

SECONDE PARTIE.

DITES-MOI, ma chere Amie, ne seroit-ce point un peu par compliment, que vous paroissez si curieuse de la Suite de mon Histoire? Je pourrois le soupçonner: car, jusqu'ici, tout ce que je vous en ai rapporté n'est qu'un tissu d'Avantures bien simples, bien communes; d'Avantures, dont le caractere paroîtroit bas & trivial à beaucoup de Lecteurs, si je les faisois imprimer. Je ne suis encore qu'une petite Lingere, & cela les dégoûteroit.

Il y a des gens, dont la vanité se mê-le de tout ce qu'ils font, même de leurs lectures. Donnez leur l'Histoire du Cœur humain dans les grandes conditions, ce devient-là pour eux un objet important: mais, ne leur parlez pas des Etats médio-cres; ils ne veulent voir agir que des Seigneurs, des Princes, des Rois, ou du moins des Personnes qui ayent fait une grande figure. Il n'y a que cela qui existe pour la noblesse de leur goût. Lais-sez-là le reste des Hommes: qu'ils vi-vent; mais, qu'il n'en soit pas question. Ils vous diroient volontiers, que la Na-ture auroit bien pû se passer de les faire naître, & que les Bourgeois la desho-norent.

O jugez, Madame, du dedain que de pareils Lecteurs auroient eu pour moi!

Au reste, ne confondons point; le por-trait, que je fais de ces gens-là, ne vous regarde pas: ce n'est pas vous, qui serez la dupe de mon état; mais peut-être que j'écris mal. Le commencement de ma Vie contient peu d'Evenemens, & tout cela auroit bien pû vous ennuyer. Vous me dites que non; vous me pressez de continuer, je vous en rends grace, & je continuë: laissez-moi faire, je ne se-
rai

rai pas toûjours chez Madame Dutour.

Je vous ai dit que j'allai à l'Eglise, à l'entrée de laquelle je trouvai de la foule ; mais, je n'y reftai pas. Mon habit neuf, & ma figure, y auroient trop perdu, & je tâchai, en me gliffant tout doucement, de gagner le haut de l'Eglife, où j'appercevois de beau monde qui étoit à fon aife.

C'étoit des femmes extrémement parées ; les unes affez laides, & qui s'en doutoient, car elles tâchoient d'avoir fi bon air qu'on ne s'en apperçût pas ; d'autres qui ne s'en doutoient point du tout, & qui de la meilleure foi du monde prenoient leur coqueterie pour un joli vifage.

J'en vis une fort aimable, & celle-là ne fe donnoit pas la peine d'être coquete ; elle étoit au-deffus de cela : pour plaire, elle s'en fioit negligemment à fes graces, & c'étoit ce qui la diftinguoit des autres, de qui elle fembloit dire : Je fuis naturellement tout ce que ces femmes-là voudroient être.

Il y avoit auffi nombre de jeunes Cavaliers bien faits, gens de robe & d'épée, dont la contenance témoignoit qu'ils étoient bien contens d'eux ; & qui prenoient, fur le dos de leurs chaifes, de ces poftures aifées & galantes, qui marquent qu'on eft au fait des bons airs du Monde.

Je

Je les voyois tantôt se baisser, s'appuyer, se redresser, puis soûrire, puis saluer à droite & à gauche, moins par politesse, ou par devoir, que pour varier les airs de bonne mine & d'importance, & se montrer sous differens aspects.

Et moi, je devinois la pensée de toutes ces personnes-là sans aucun effort; mon instinct ne voyoit rien-là qui ne fût de sa connoissance, & n'en étoit pas plus délié pour cela; car, il ne faut pas s'y méprendre, ni estimer ma pénétration plus qu'elle ne vaut.

Nous avons deux sortes d'esprits, nous autres femmes. Nous avons d'abord le nôtre, qui est celui que nous recevons de la nature, celui qui nous sert à raisonner, suivant le degré qu'il a, qui devient ce qu'il peut, & qui ne sçait rien qu'avec le tems.

Et puis nous en avons encore un autre, qui est à part du nôtre, & qui peut se trouver dans les Femmes les plus sottes. C'est l'esprit que la vanité de plaire nous donne, & qu'on appelle, autrement dit, la Coqueterie.

Oh! celui-là, pour être instruit, n'attend pas le nombre des années; il est fin, dès qu'il est venu, dans les choses de son ressort; il a toujours la théorie
de

de ce qu'il voit mettre en pratique. C'eſt un enfant de l'Orgueil, qui nait tout élevé, qui manque d'abord d'audace, mais qui n'en penſe pas moins. Je crois qu'on peut lui enſeigner des graces & de l'aiſance; mais, il n'apprend que la forme, & jamais le fond. Voilà mon Avis.

Et c'eſt avec cet eſprit-là, que j'expliquois ſi bien les façons de ces Femmes: c'eſt encore lui qui me faiſoit entendre les Hommes; car, avec une extréme envie d'être de leur goût, on a la clef de tout ce qu'ils font pour être du nôtre; & il n'y aura jamais d'autre mérite à tout cela, que d'etre vaine & coquete: & je pouvois me paſſer de cette petite parentheſe-là pour vous le prouver, car vous le ſçavez auſſi-bien que moi; mais, je me ſuis aviſée trop tard de penſer que vous le ſçavez. Je ne vois mes fautes que lorſque je les ai faites: c'eſt le moyen de les voir ſûrement; mais non pas à votre profit, & au mien. N'eſt-il pas vrai? Retournons à l'Egliſe.

La place, que j'avois priſe, me mettoit au milieu du monde dont je vous parle. Quelle fête! C'étoit la premiere fois que j'allois joüir un peu du mérite de ma petite figure. J'étois toute émûe du plaiſir de penſer à ce qui alloit en arriver:

river : j'en perdois presque haleine ; car, j'étois sûre du succès, & ma vanité voyoit venir d'avance les regards qu'on alloit jetter sur moi.

Ils ne se firent pas long-tems attendre. A peine étois-je placée, que je fixai les yeux de tous les Hommes. Je m'emparai de toute leur attention ; mais, ce n'étoit encore-là que la moitié de mes honneurs, & les femmes me firent le reste.

Elles s'apperçurent, qu'il n'étoit plus question d'elles, qu'on ne les regardoit plus, que je ne leur laissois pas un curieux, & que la desertion étoit generale.

On ne sçauroit s'imaginer ce que c'est que cette avanture-là pour des femmes, ni combien leur amour-propre en est déconcerté ; car, il n'y a pas moyen qu'il s'y trompe, ni qu'il chicanne sur l'évidence d'un pareil affront : ce font de ces cas defesperez, qui le pouffent à bout, & qui résistent à toutes ses tournures.

Avant que j'arrivasse, en un mot, ces femmes faisoient quelque figure ; elles vouloient plaire, & ne perdoient pas leur peine. Enfin, chacune d'elles avoit ses partisans : du moins, la fortune étoit-elle assez égale ; & encore la Vanité vit-elle, quand les choses se passent ainsi. Mais, j'arrive, on me voit, & tous ces

visa-

visages ne sont plus rien, il n'en reste pas la mémoire d'un seul.

Eh! d'où leur vient cette Catastrophe? De la présence d'une petite fille, qu'on avoit à peine apperçue, qu'on avoit pourtant vû se placer, qu'on auroit même risqué de trouver très-jolie si on ne s'en étoit pas défendu, enfin qui auroit bien pû se passer de venir-là, & que dans le fond on avoit un peu craint, mais le plus imperceptiblement qu'on l'avoit pû.

C'est encore leurs pensées que j'explique; & je soûtiens que je les rends comme elles étoient. J'en eus pour garant certain coup d'œil, que je leur avois vû jetter sur moi quand je m'avançai; & je compris fort bien tout ce qu'il y avoit dans ce coup d'œil-là: on avoit voulu le rendre distrait, mais c'étoit d'une distraction faite exprès; car, il y étoit resté, malgré qu'on en eût, un air d'inquiétude & de dedain, qui étoit un aveu bien franc de ce que je valois.

Cela me parut comme une verité, qui échape, & qu'on veut corriger par un mensonge.

Quoiqu'il en soit, cette petite figure, dont on avoit refusé de tenir compte, & devant qui toutes les autres n'étoient plus rien, il fallut en venir à voir ce que c'étoit pourtant, & retourner sur ses

pas

pas, pour l'examiner, puiſqu'il plaiſoit au caprice des hommes de la diſtinguer, & d'en faire quelque choſe.

Voilà donc mes Coquetes, qui me regardent à leur tour ; & ma phyſionomie n'étoit pas faite pour les raſſûrer : il n'y avoit rien de ſi ingrat que l'eſperance d'en pouvoir médire ; & je n'avois, en verité, que des graces au ſervice de leur colere. Oh, vous m'avoüerez, que ce n'étoit pas-là l'article de ma gloire le moins intereſſant.

Vous me direz, que, dans leur dépit, il étoit difficile qu'elles me trouvaſſent auſſi jolie que je l'étois : ſoit ; mais je ſuis perſuadée, que le fond du cœur fut pour moi, ſans compter que le dépit même donne de bons yeux.

Fiez-vous aux perſonnes jalouſes, du ſoin de vous connoître ; vous ne perdrez rien avec elles : la néceſſité de bien voir eſt attachée à leur miſerable paſſion, & elles vous trouvent toutes les qualités que vous avez, en vous cherchant tous les défauts que vous n'avez pas. Voilà ce qu'elles eſſuyent.

Mes Rivales ne me regardérent pas long-tems ; leur examen fut court : il n'étoit pas amuſant pour elles ; & l'on finit vîte avec ce qui humilie.

A l'égard des hommes, ils me demeu-

meurérent conſtamment attachés, &
j'en eus une reconnoiſſance qui ne reſta
pas oiſive.

De tems en tems, pour les tenir en
haleine, je les régalois d'une petite dé-
couverte ſur mes charmes ; je leur en
apprenois quelque choſe de nouveau,
ſans me mettre pourtant en grande dé-
penſe. Par exemple, il y avoit, dans
cette Egliſe, des Tableaux qui étoient
à une certaine hauteur: eh bien, j'y
portois ma vûe, ſous prétexte de les regarder, parce que cette induſtrie-là me
faiſoit le plus bel œil du monde.

Enſuite, c'étoit ma coëffe à qui j'a-
vois recours: elle alloit à merveilles ;
mais, je voulois bien qu'elle allât mal,
en faveur d'une main nue, qui ſe montroit en y retouchant, & qui amenoit
néceſſairement avec elle un bras rond,
qu'on voyoit pour le moins à demi,
dans l'attitude où je le tenois alors.

Les petites choſes que je vous dis-là,
au reſte, ne ſont petites que dans le ré-
cit: car, à les rapporter, ce n'eſt rien ;
mais, demandez-en la valeur aux hommes : ce qui eſt de vrai, c'eſt que ſouvent, dans de pareilles occaſions, avec
la plus jolie phyſionomie du monde,
vous n'étes encore qu'aimable, vous ne
faites que plaire ; ajoutez - y ſeulement

A 5

une

une main de plus, comme je viens de le dire, on ne vous refifte plus, vous êtes charmante.

Combien ai-je vû de cœurs, héfitans de fe rendre à de beaux yeux, & qui feroient reftés à moitié chemin, fans le fecours dont je parle?

Qu'une femme foit un peu laide, il n'y a pas grand malheur, fi elle a la main belle : il y a une infinité d'hommes plus touchés de cette beauté-là, que d'un vifage aimable. Et la raifon de cela, vous la dirai-je? Je crois l'avoir fentie.

C'eft que ce n'eft point une nudité, qu'un vifage; quelque aimable qu'il foit, nos yeux ne l'entendent pas ainfi : mais, une belle main commence à en devenir une; &, pour fixer de certaines gens, il eft bien auffi fûr de les tenter, que de leur plaire. Le goût de ces gens-là, comme vous voyez, n'eft pas le plus honnête : c'eft pourtant, en general, le goût le mieux fervi de la part des femmes, celui à qui leur coqueterie fait le plus d'avance.

Mais, m'écarterai-je toûjours? Je crois qu'oui. Je ne fçaurois m'en empêcher: les idées me gagnent; je fuis femme, & je conte mon Hiftoire. Pefez ce que je vous dis-là; & vous verrez,

rez, qu'en verité, je n'ufe prefque pas des Privileges que cela me donne.

Où en étois-je ? A ma coëffe, que je racommodois quelquefois dans l'intention que j'ai dite.

Parmi les jeunes gens dont j'attirois les regards, il y en eut un, que je diftinguai moi-même, & fur qui mes yeux tomboient plus volontiers que fur les autres.

J'aimois à le voir, fans me douter du plaifir que j'y trouvois : j'étois coquete pour les autres, & je ne l'étois pas pour lui ; j'oubliois à lui plaire, & ne fongeois qu'à le regarder.

Apparemment que l'Amour, la premiere fois qu'on en prend, commence avec cette bonne-foi-là ; & peut-être que la douceur d'aimer interrompt le foin d'être aimable.

Ce jeune homme, à fon tour, m'examinoit d'une façon toute differente de celle des autres : elle étoit plus modefte, & pourtant plus attentive ; il y avoit quelque-chofe de plus ferieux qui fe paffoit entre lui & moi : les autres applaudiffoient ouvertement à mes charmes ; il me fembloit que celui-ci les fentoit : du moins, je le foupçonnois quelquefois, mais fi confufément, que je n'aurois pû dire ce que je penfois de lui,

lui, non plus que ce que je penſois de
moi.

Tout ce que je ſçai, c'eſt que ſes regards m'embaraſſoient ; que j'héſitois
de les lui rendre, & que je ne voulois
pas qu'il me vît y répondre, & que je
n'étois pas fachée qu'il l'eût vû.

Enfin, on ſortit de l'Egliſe, & je
me ſouviens que j'en ſortis lentement ;
que je retardois mes pas ; que je regret-
tois la place que je quittois ; & que je
m'en allois avec un cœur à qui il man-
quoit quelque choſe, & qui ne ſçavoit
pas ce que c'étoit. Je dis qu'il ne le ſçavoit pas : c'eſt peut-être trop dire ; car,
en m'en allant, je retournois ſouvent la
tête pour revoir encore le jeune homme que je laiſſois derriere moi ; mais, je
ne croyois pas me retourner pour lui.

De ſon côté, il parloit à des perſonnes qui l'arrétoient, & mes yeux ren-
controient toûjours les ſiens.

La foule à la fin m'enveloppa, &
m'entraîna avec elle ; je me trouvai
dans la ruë, & je pris triſtement le chemin de la maiſon.

Je ne penſois plus à mon ajuſtement
en m'en retournant ; je négligeois ma
figure, & ne me ſouciois plus de la
faire valoir.

J'étois ſi rêveuſe, que je n'entendis
pas

pas le bruit d'un caroſſe qui venoit derriere moi, qui alloit me renverſer, & dont le Cocher s'enroüoit à me crier, *garre.*

Son dernier cri me tira de ma réverie; mais, le danger où je me vis m'étourdit ſi fort, que je tombai en voulant fuir, & me bleſſai le pied en tombant.

Les chevaux n'avoient plus qu'un pas à faire, pour marcher ſur moi: cela allarma tout le monde; on ſe mit à crier: mais, celui qui cria le plus fut le maître de cet Equipage, qui en ſortit auſſitôt, & qui vint à moi: j'étois encore à terre, d'où, malgré mes efforts, je n'avois pû me relever.

On me releva pourtant, ou plûtôt on m'enleva, car on vit bien qu'il m'étoit impoſſible de me ſoûtenir. Mais, jugez de mon étonnement, quand, parmi ceux qui s'empreſſoient à me ſecourir, je reconnus le jeune homme que j'avois laiſſé à l'Egliſe. C'étoit à lui à qui apartenoit le caroſſe: ſa maiſon n'étoit qu'à deux pas plus loin; & ce fut où il voulut qu'on me tranſportât.

Je ne vous dis point avec quel air d'inquiétude il s'y prit, ni combien il parut touché de mon accident. A travers le chagrin qu'il en marqua, je démélai pourtant que le ſort ne l'avoit

pas

pas tant defobligé en m'arrêtant. Prenez bien garde à Mademoifelle, difoit-
il à ceux qui me tenoient ; portez-la
doucement ; ne vous preffez point : car,
dans ce moment, ce ne fut point à moi
à qui il parla. Il me fembla qu'il s'en
abftenoit à caufe de mon état & des
circonftances, & qu'il ne fe permettoit
d'être tendre que dans fes foins.

De mon côté, je parlai aux autres,
& ne lui dis rien non plus, je n'ôfois
même le regarder ; ce qui faifoit que
j'en mourois d'envie : auffi le regardai-
je, toûjours en n'ofant ; & je ne fçai
ce que mes yeux lui dirent, mais les
fiens me firent une réponfe fi tendre,
qu'il falloit que les miens l'euffent mé-
ritée. Cela me fit rougir, & me remua
le cœur à un point, qu'à peine m'apper-
çus-je de ce que je devenois.

Je n'ai de ma vie été fi agitée. Je ne
fçaurois vous définir ce que je fentois.

C'étoit un mélange de trouble, de
plaifir, & de peur : oui de peur ; car,
une jeune fille, qui en eft là-deffus à
fon apprentiffage, ne fçait point où tout
cela la méne : ce font des mouvemens
inconnus, qui l'enveloppent, qui difpo-
fent d'elle, qu'elle ne poffede point,
qui la poffedent ; & la nouveauté de cet
état l'allarme. Il eft vrai, qu'elle y
trou-

trouve du plaifir; mais, c'eft un plaifir fait comme un danger; fa pudeur mê- me en eft effrayée: il y a là quelque-chofe, qui la menace, qui l'étourdit, & qui prend déja fur elle.

On fe demanderoit volontiers dans ces inftans-là: que vais-je devenir? Car, en verité, l'Amour ne nous trom- pe point; dès qu'il fe montre, il nous dit ce qu'il eft, & de quoi il fera quef- tion: l'ame, avec lui, fent la prefence d'un maître qui la flate, mais avec une autorité déclarée, qui ne la confulte pas, & qui lui laiffe hardiment les foup- çons de fon efclavage futur.

Voilà ce qui m'a femblé de l'état où j'étois: & je penfe auffi, que c'eft l'Hif- toire de toutes les jeunes perfonnes de mon âge, en pareil cas.

Enfin, on me porta chez Valville, c'étoit le nom du jeune-homme en quef- tion, qui fit ouvrir une Salle, où l'on me mit fur un lit de repos.

J'avois befoin de fecours: je fentois beaucoup de douleur à mon pied; & Valville envoya fur le champ chercher un Chirurgien, qui ne tarda pas à venir.

Je paffe quelques petites excufes, que je lui fis dans l'intervalle, fur l'embarras que je lui caufois, excufes communes, que tout le monde fçait faire, & aux-
quelles

quelles il répondit à la maniere ordinaire.

Ce qu'il y eut pourtant de particulier entre nous deux, c'eſt que je lui parlai de l'air d'une perſonne qui ſent qu'il y a bien autre choſe ſur le tapis que des excuſes, & qu'il me répondit d'un ton qui me préparoit à voir entamer la matiere.

Nos regards même l'entamoient déja : il n'en jettoit pas un ſur moi qui ne ſignifiât, *je vous aime*; & moi, je ne ſçavois que faire des miens, parce qu'ils lui en auroient dit autant.

Nous en étions, lui & moi, à ce muet entretien de nos cœurs, quand nous vîmes entrer le Chirurgien, qui, ſur le recit que lui fit Valville de mon accident, débuta par dire qu'il falloit voir mon pied.

A cette propoſition, je rougis d'abord par un ſentiment de pudeur : & puis, en rougiſſant pourtant, je ſongeai que j'avois le plus joli petit pied du monde; que Valville alloit le voir; que ce ne ſeroit point ma faute, puiſque la neceſſité vouloit que je le montraſſe devant lui; ce qui étoit une bonne fortune pour moi : bonne fortune honnête, & faite à ſouhait, car on croyoit qu'elle me faiſoit de la peine; on tâchoit de m'y réſoudre, & j'allois en avoir le profit

profit immodeste , en conservant tout le mérite de la modestie , puisqu'il me venoit d'une avanture dont j'étois innocente : c'étoit ma chûte qui avoit tort.

Combien dans le monde y a-t-il d'honnêtes gens, qui me ressemblent, & qui, pour pouvoir garder une chose qu'ils aiment, ne fondent pas mieux leur droit d'en joüir, que je faisois le mien dans cette occasion - là ?

On croit souvent avoir la conscience délicate, non pas à cause des sacrifices qu'on lui fait, mais à cause de la peine qu'on prend avec elle pour s'exempter de lui en faire.

Ce que je dis-là peint sur-tout beaucoup de dévots, qui voudroient bien gagner le Ciel , sans rien perdre à la Terre ; & qui croyent avoir de la piété , moyennant les cérémonies pieuses qu'ils font toûjours avec eux - mêmes, & dont ils bercent leur conscience. Mais, n'admirez - vous pas, au reste, cette morale que mon pied améne ?

Je fis quelque difficulté de le montrer, & je ne voulois ôter que le soulier ; mais, ce n'étoit pas assez. Il faut absolument que je voye le mal, disoit le Chirurgien qui y alloit tout uniment ; je ne sçaurois rien dire sans cela : & , là-dessus, une femme de charge , que

Valville avoit chez lui, fut fur le champ
appellée pour me déchauffer ; ce qu'elle fit pendant que Valville & le Chirurgien fe retirérent un peu à quartier.

Quand mon pied fut en état, voilà
le Chirurgien qui l'examine & qui le
tâte. Le bon homme, pour mieux ju-
ger du mal, fe baiffoit beaucoup, parce
qu'il étoit vieux : & Valville, en con-
formité de gefte, prenoit infenfiblement
la même attitude, & fe baiffoit beaucoup auffi, parce qu'il étoit jeune ; car,
il ne connoiffoit rien à mon mal, mais
il fe connoiffoit à mon pied, & m'en
paroiffoit auffi content que je l'avois
efperé.

Pour moi, je ne difois mot, & ne
donnois aucun figne des obfervations
clandeftines que je faifois fur lui : il n'auroit pas été modefte de paroitre foupçonner l'attrait qui l'attiroit ; &, d'ailleurs, j'aurois tout gâté, fi je lui avois
laiffé appercevoir que je comprenois fes
petites façons : cela m'auroit obligé moi-
même d'en faire davantage ; & peut-
être auroit-il rougi des fiennes, car le
cœur eft bizarre : il y a des momens où
il eft confus & choqué d'être pris fur
le fait quand il fe cache ; cela l'humilie : & ce que je dis-là, je le fentois
par inftinct.

J'agif-

J'agiſſois donc en conſequence ; de forte qu'on pouvoit bien croire que la préſence de Valville m'embarraſſoit un peu, mais ſimplement à cauſe qu'il me voyoit, & non pas à cauſe qu'il aimoit à me voir.

Dans quel endroit ſentez-vous du mal ? me diſoit le Chirurgien, en me tâtant. Eſt-ce-là ? Oui, lui répondis-je, en cet endroit-même. Auſſi eſt-il un peu enflé, ajoûtoit Valville, en y mettant le doigt d'un air de bonne-foi. Allons, ce n'eſt rien que cela, dit le Chirurgien ; il n'y a qu'à ne pas marcher aujourd'hui : un linge trempé dans de l'eau-de-vie, & un peu de repos, vous guériront. Auſſi-tôt le linge fut apporté avec le reſte, la compreſſe fut miſe, on me chauffa, le Chirurgien ſortit, & je reſtai ſeule avec Valville, à l'exception de quelques domeſtiques, qui alloient & venoient.

Je me doutai bien que je ſerois-là quelque tems, & qu'il voudroit me retenir à dîner ; mais, je ne devois pas paroître m'en douter.

Après toutes les obligations que je vous ai, lui dis-je, oſerois-je encore vous prier, Monſieur, de m'envoyer chercher une Chaiſe, ou quelqu'autre Voiture, qui me mene chez moi ? Non, Made-

moi-

moiselle, me répondit-il, vous n'irez-
pas si-tôt chez vous; on ne vous y re-
conduira que dans quelques heures: votre chûte est toute recente, on vous a
recommandé de vous tenir en repos,
& vous dînerez ici.   Tout ce qu'il faut
faire , c'est d'envoyer dire où vous
êtes, afin qu'on ne soit point en peine
de vous.

Et il le falloit effectivement ; car,
mon absence alloit allarmer Madame
Dutour: &, d'ailleurs, qu'est-ce que
Valville auroit pensé de moi, si j'avois
été ma maîtresse au point de n'avoir à
rendre compte à personne de ce que j'é-
tois devenue ? Tant d'indépendance
n'auroit pas eu bonne grace: il n'étoit
pas convenable d'être hors de toute tu-
telle à mon âge, sur-tout avec la figure
que j'avois; car, il n'y a pas trop loin
d'être si aimable à n'être plus digne d'ê-
tre aimée.   Voilà l'inconvenient qu'il y
a d'avoir un joli visage; c'est qu'il nous
donne l'air d'avoir tort quand nous som-
mes un peu soupçonnées, & qu'en mille
occasions il conclut contre nous.

Il conclura pourtant ce qu'il voudra;
cela ne nous dégoûtera pas d'en avoir
un: en un mot, on plaît avec un joli
visage ; on inspire, ou de l'amour, ou
des desirs. Est-ce de l'amour? Fût-on

de l'humeur la plus auſtere, il eſt le bien venu. Le plaiſir d'être aimée trouve toujours ſa place, ou dans notre cœur, ou dans notre vanité. Ne fait-on que nous deſirer ? Il n'y a encore rien de perdu. Il eſt vrai que la vertu s'en ſcandaliſe ; mais, la vertueuſe n'eſt pas fâchée du ſcandale.

Revenons. Vous êtes accoutumée à mes écarts.

Je vous diſois donc que mon indépendance ne m'auroit pas été avantageuſe ; & Valville, aſſurément, ne m'enviſageoit pas ſous cette idée-là : ſes égards, ou plutôt ſes reſpects, en faiſoient foi.

Il y a des attentions tendres & même timides, de certains honneurs, qui ne ſont dûs qu'à l'innocence & qu'à la pudeur ; & Valville, qui me les prodiguoit tous, auroit pû craindre de s'être mépris, & d'avoir été la dupe de mes graces : je lui aurois du moins ôté la douceur de m'eſtimer en pleine ſûreté de confiance ; & quelle chûte n'étoit-ce pas faire-là, dans ſon eſprit ?

Le croiriez-vous pourtant ? Malgré tout ce que je riſquois là-deſſus, en ne donnant de mes nouvelles à perſonne, j'héſitai ſur le parti que je prendrois ; & ſçavez-vous pourquoi ? C'eſt que je

n'avois

n'avois que l'adreſſe d'une Lingere à
donner.   Je ne pouvois envoyer que
chez Madame Dutour ; & Madame Dutour choquoit mon amour-propre : je
rougiſſois d'elle, & de ſa boutique.

Je trouvois que cette boutique figu-
roit ſi mal avec une Avanture comme
la mienne ; que c'étoit quelque choſe
de ſi décourageant pour un homme de
condition comme Valville, que je voyois
entouré de valets ; quelque choſe de ſi
mal aſſorti aux graces qu'il mettoit dans
ſes façons.   J'avois moi-même l'air ſi
mignon, ſi diſtingué ; il y avoit ſi loin
de ma phyſionomie à mon petit état :
comment avoir le courage de dire, Al-
lez-vous-en à telle enſeigne chez Madame Dutour, où je loge.   Ah ! l'humi-
liant diſcours !

Paſſe pour n'être pas née de parens
riches, pour n'avoir que de la naiſſance
ſans fortune : l'orgueil , tout nud qu'il
eſt par-là, ſe ſauve encore ; cela ne lui
ôte que ſon faſte & ſes commodités, &
non pas le droit qu'il a aux honneurs
de ce monde : mais, un ſi grand étala-
ge de politeſſe, & d'égards, n'étoit pas
dû à une petite fille de boutique ; elle
étoit bien hardie de l'avoir ſouffert, de
n'y avoir pas mis ordre par ſa confuſion.

Et c'étoit-là le retour de reflexion
que

que je craignois dans Valville. Quoi!
ce n'eſt que cela? me ſembloit-il lui
entendre dire à lui-même; & l'ironie
de ce petit ſoliloque-là me révoltoit
tant de ſa part, que, tout bien peſé,
j'aimois mieux lui paroître équivoque,
que ridicule; & le laiſſer douter de mes
mœurs, que de le faire rire de tous ſes
reſpects. Ainſi, je conclus que je n'en-
verrois chez perſonne, & que je dirois
que cela n'étoit pas néceſſaire.

C'étoit bien mal conclure, j'en conviens, & je le ſentois; mais, ne ſçavez-vous pas, que notre ame eſt encore plus ſuperbe que vertueuſe, plus glorieuſe qu'honnête, & par conſequent
plus délicate ſur les interets de ſa vanité, que ſur ceux de ſon veritable honneur.

Attendez, pourtant; ne vous allar-
mez pas. Ce parti que j'avois pris, je
ne le ſuivis point; car, dans l'agitation
qu'il me cauſoit à moi-même, il me
vint ſubitement une autre penſée.

Je trouvai un expedient, dont ma
miſerable vanité fut contente, parce
qu'il ne prenoit rien ſur elle, & qu'il
n'affligeoit que mon cœur: mais, qu'importe que notre cœur ſouffre, pourvû
que notre vanité ſoit ſervie? Ne ſe paſ-
ſe-t-on pas de tout, & de repos, & de

          plai-

plaiſir, & d'honneur même, & quelquefois de la vie, pour avoir la paix avec elle?

Or, cet expedient dont je vous parle, ce fut de vouloir abſolument m'en retourner.

Quoi! quitter ſi-tôt Valville? me direz-vous. Oui, j'eus le courage de m'y réſoudre, de m'arracher à une ſituation que je voyois remplie de mille inſtans délicieux, ſi je la prolongeois.

Valville m'aimoit, il ne me l'avoit pas encore dit, & il auroit eu le tems de me le dire. Je l'aimois, il l'ignoroit, du moins je le croyois, & je n'aurois pas manqué de le lui apprendre.

Il auroit donc eu le plaiſir de me voir ſenſible, moi celui de montrer que je l'étois, & tous deux celui de l'être enſemble.

Que de douceurs contenues dans ce que je vous dis-là, Madame! L'amour peut en avoir de plus folles: peut-être n'en a-t-il point de plus touchantes, ni qui aillent ſi droit & ſi nettement au cœur, ni dont ce cœur jouïſſe avec moins de diſtraction, avec tant de connoiſſance & de lumieres, ni qu'il partage moins avec le trouble des ſens; il les voit, il les compte, il en déméle diſtinctement tout le charme: &, cependant, je les ſacrifiois.

Au

Au reste, tout ce qui me vint alors dans l'esprit là-dessus, quoique long à dire, n'est qu'un instant à être pensé.

Ne vous inquiétez point, Mademoi-selle, me dit Valville : donnez votre a-dresse, on partira sur le champ.

Et c'étoit en me prenant la main, qu'il me parloit ainsi, d'un air tendre & pressant.

Je ne comprens pas comment j'y ré-sistai. Faites-y attention, ajoûta-t-il en insistant. Vous n'étes point en état de vous en aller si-tôt ; il est tard : dinez ici ; vous partirez ensuite. Pourquoi hé-siter ? Vous n'avez rien à vous reprocher en restant : on ne sçauroit y trouver à redire ; votre accident vous y force. Al-lons, qu'on nous serve.

Non, Monsieur, lui dis-je ; permet-tez que je me retire : on ne peut être plus sensible à vos honnêtetez, que je le suis ; mais, je ne veux pas en abuser. Je ne demeure pas loin d'ici : je me sens beaucoup mieux ; & je vous demande en grace que je m'en aille.

Mais, me dit Valville, quel est le motif de votre répugnance là-dessus, dans une conjoncture aussi naturelle, aussi innocente, que l'est celle-ci ? De répugnance, je vous assure que je n'en ai point, répondis-je : & j'aurois grand

tort ;

tort; mais, il fera plus féant d'être chez moi, puifque je puis m'y rendre avec une voiture. Quoi! partir fi-tôt, me dit-il en jettant fur moi le plus doux de tous les regards? Il le faut bien, repris-je, en baiffant les yeux d'un air trifte, (ce qui valoit bien le regarder moi-même:) & comme les cœurs s'entendent, apparemment qu'il fentit ce qui fe paffoit dans le mien; car, il reprit ma main, qu'il baifa avec une naïveté de paffion fi vive & fi rapide, qu'en me difant mille fois, *Je vous aime*, il me l'auroit dit moins intelligiblement qu'il ne fit alors.

Il n'y avoit plus moyen de s'y méprendre: voilà qui étoit fini. C'étoit un Amant, que je voyois: il fe montroit à vifage découvert; & je ne pouvois, avec mes petites diffimulations, parer l'évidence de fon amour. Il ne reftoit plus qu'à fçavoir ce que j'en penfois, & je crois qu'il dût être content de moi: je demeurai étourdie, muette, & confufe; ce qui étoit figne que j'étois charmée. Car, avec un homme qui nous eft indifferent, ou qui nous déplaît, on en eft quitte à meilleur marché, il ne nous met pas dans ce defordre-là: on voit mieux ce qu'on fait avec lui; & c'eft ordinairement parce qu'on aime, qu'on eft troublée en pareil cas.   Je

Je l'étois tant, que la main me trem-
bloit dans celle de Valville, que je ne
faisois aucun effort pour la retirer, &
que je la lui laissois par je ne sçai quel
attrait, qui me donnoit une inaction tendre & timide. A la fin, pourtant, je
prononçai quelques mots, qui ne met-
toient ordre à rien; de ces mots, qui
diminuent la confusion qu'on a de se
taire, qui tiennent la place de quelque
chose qu'on ne dit pas, & qu'on devroit
dire. Eh bien! Qu'est-ce que cela signi-
fie? Voilà tout ce que je pûs tirer de
moi: encore y mêlai-je un soupir, qui
en ôtoit le peu de force que j'y avois
peut-être mis.

Je me retrouvai pourtant: la présence d'esprit me revint; & la vapeur de
ces mouvemens, qui me tenoient comme enchantée, se dissipa. Je sentis qu'il
n'étoit pas décent de mettre tant de
foiblesse dans cette situation-là, ni d'a-
voir l'ame si entreprise; & je tâchai
de corriger cela par une action de courage.

Vous n'y songez pas! Finissez donc,
Monsieur, dis-je à Valville, en retirant
ma main avec assez de force, & d'un
ton qui marquoit encore, que je reve-
nois de loin, supposé qu'il fût lui-même
en état d'y voir si clair; car, il avoit eu
des

des mouvemens auſſi-bien que moi. Mais, je crois qu'il vit tout: il n'étoit pas ſi neuf en amour, que je l'étois; &, dans ces momens-là, jamais la tête ne tourne à ceux qui ont un peu d'experience par devers eux: vous les remuez, mais vous ne les étourdiſſez point; ils conſervent toujours le jugement: il n'y a que les novices, qui le perdent. Et puis dans quel danger n'eſt-on pas, quand on tombe en de certaines mains; quand on n'a pour tout guide qu'un Amant qui vous aime trop mal pour vous mener bien?

Pour moi, je ne courois alors aucun riſque avec Valville. J'avouë que je fus troublée, mais à un dégré qui étonna ma raiſon, & qui ne me l'ôta pas; & cela dura ſi peu, qu'on n'auroit pû en abuſer: du moins je me l'imagine. Car, au fonds, tous ces étonnemens de raiſon ne valent rien non plus; on n'y eſt point en ſûreté; il s'y paſſe toujours un intervalle de tems où l'on a beſoin d'être traitée doucement; le reſpect de celui avec qui vous étes vous fait grand bien.

Quant à Valville, je n'eûs rien à lui reprocher là-deſſus; auſſi lui avois-je inſpiré des ſentimens. Il n'étoit pas amoureux: il étoit tendre; façon d'être épris, qui, au commencement d'une

paſ-

paſſion, rend le cœur honnête, qui lui donne des mœurs, & l'attache au plaiſir délicat d'aimer & de reſpecter timidement ce qu'il aime.

Voilà de quoi d'abord s'occupe un cœur tendre ; à parer l'objet de ſon amour de toute la dignité imaginable ; & il n'eſt pas dupe. Il y a plus de charmes à cela qu'on ne penſe ; il y perdroit à ne s'y pas tenir : & vous, Madame, vous y gagneriés, ſi je n'étois pas ſi babillarde.

Finiſſez donc, me diriés-vous volontiers ; & c'eſt ce que je diſois à Valville avec un ſérieux encore alteré d'émotion. En verité, Monſieur, vous me ſurprenez, ajoutai-je : vous voyez bien vous-même, que j'ai raiſon de vouloir m'en aller, & qu'il faut que je parte.

Oui, Mademoiſelle, vous allez partir, me répondit-il triſtement ; & je vais donner mes ordres pour cela, puiſque vous ne pouvez vous ſouffrir ici, & qu'apparemment je vous y déplais moi-même, à cauſe du mouvement qui vient de m'échaper : car, il eſt vrai que je vous aime, & que j'employerois à vous le dire tous les momens que nous paſſerions enſemble, & tout le tems de ma vie, ſi je ne vous quittois pas.

Et quand ce diſcours, qu'il me tenoit,

noit, auroit duré tout le tems de la mienne, il me semble qu'il ne m'auroit pas ennuyé non plus; tant la joye, dont il me pénétroit, étoit douce, flatteuse, & pourtant embarrassante; car, je sentois qu'elle me gagnoit. Je ne voulois pas que Valville la vît, & je ne sçavois quel air prendre pour la mettre à couvert de ses yeux.

D'ailleurs, ce qu'il m'avoit dit, demandoit une réponse: ce n'étoit pas à ma joye à la faire, & je n'avois que ma joye dans l'esprit; desorte que je me taisois les yeux baissés.

Vous ne répondez rien, me dit Valville: partirez-vous sans me dire un mot? Mon action m'a-t-elle rendu si desagréable? Vous a-t-elle offensée sans retour?

Et remarquez, que, pendant ce discours, il avançoit sa main pour ravoir la mienne, que je lui laissois prendre, & qu'il baisoit encore en me demandant pardon de l'avoir baisée; & ce qui est de plaisant, c'est que je trouvois la réparation fort bonne, & que je la recevois de la meilleure foi du monde, sans m'appercevoir qu'elle n'étoit qu'une répétition de la faute: je crois même que nous ne nous en apperçûmes ni l'un ni l'autre; &, entre deux personnes qui s'aiment, ce sont-là de ces simplicitez de sentiment,

…ment, que peut-être l'esprit remarque-
roit bien un peu s'il vouloit, mais qu'il
laisse bonnement passer au profit du cœur.

Ne me direz-vous rien ? me disoit
donc Valville. Aurai-je le chagrin de
croire que vous me haïssez ?

Un petit soupir naïf précéda ma réponse, ou plûtôt la commença. Non,
Monsieur, je ne vous hais pas, lui dis-
je : vous ne m'avez pas donné lieu de
vous haïr ; il s'en faut bien. Eh, que
pensez-vous donc de moi ? reprit-il avec
feu. Je vous ai dit que je vous aime :
comment regardez-vous mon amour ?
Etes-vous fâchée que je vous en parle ?

Que voulez-vous que je réponde à
cette question ? lui dis-je. Je ne sçai pas
ce que c'est que l'amour, Monsieur : je
pense seulement, que vous êtes un fort
honnête homme, que je vous ai beaucoup d'obligation, & que je n'oublierai
jamais ce que vous avez fait pour moi
dans cette occasion-ci.

Vous ne l'oublierez jamais ? s'écria-t-
il. Eh ! comment sçaurai-je que vous vou-
drez bien vous ressouvenir de moi, si
j'ai le malheur de ne vous plus voir,
Mademoiselle ? Ne m'exposez point à
vous perdre pour toûjours ; &, s'il est
vrai que vous n'ayés point d'aversion
pour moi, ne m'ôtez pas les moyens de
vous

vous parler quelquefois, & d'essayer si
ma tendresse ne pourra vous toucher un
jour. Je ne vous ai vûë aujourd'hui que
par un coup de hazard : où vous retrou-
verai-je, si vous me laissez ignorer qui
vous êtes ? Je vous chercherois inutile-
ment.   J'en conviens, lui dis-je, avec
une franchise, qui alla plus vîte que ma
pensée, & qui sembloit nous plaindre
tous deux. Hé bien, Mademoiselle, ajoûta-t-il, en approchant encore sa bouche
de ma main ; (car, nous ne prenions plus
garde à cette minutie-là : elle nous étoit
devenue familiére ; & voilà comme tout
passe en amour.) Hé bien, nommez-
moi, de grace, les personnes à qui vous
apartenez : instruisez-moi de ce qu'il
faut faire pour être connu d'elles ; donnez-moi cette consolation avant que
de partir.

A peine achevoit-il de parler, qu'un
Laquais entra : Qu'on mette les chevaux au Carosse, pour reconduire Mademoiselle, lui dit Valville, en se retournant de son côté.

Cet ordre, que je n'avois point pré-
vû, me fit frémir : il rompoit toutes
mes mesures, & rejettoit ma Vanité
dans toutes ses angoisses.

Ce n'étoit point le Carosse de Valville
qu'il me falloit.   La petite Lingere n'é-
cha-

chapoit point par-là à l'affront d'être connue. J'avois compris, qu'on m'enverroit chercher une voiture ; je comptois m'y mettre toute seule, en être quitte pour dire, menez-moi dans telle ruë ; &, à l'abri de toute confusion, regagner ainfi cette fàcheufe Boutique, qui m'avoit coûté tant de peines d'efprit, & dont je ne pouvois plus faire un fecret, fi je m'en retournois dans l'Equipage de Valville. Car, il n'auroit pas oublié de demander à fes gens, où l'avez-vous menée ? Et ils n'auroient pas manqué de lui dire, à une Boutique.

Encore n'eût-ce été-là que demi-mal, puifque je n'aurois pas été préfente au rapport, & que je n'en aurois rougi que de loin. Mais, vous allez voir que la Politeffe de Valville me deftinoit à une honte bien plus complette.

J'imagine une chofe, Mademoifelle, me dit-il tout de fuite, quand le Laquais fut forti. C'eft de vous reconduire moi-même, avec la femme que vous avez vû paroître. Qu'en dites-vous, Mademoifelle ? Il me femble, que c'eft une attention néceffaire de ma part, après ce qui vous eft arrivé. Je crois même qu'il y auroit de l'Impoliteffe à m'en difpenfer. C'eft une Réfléxion que je fais,

& qui me vient fort à propos. Et moi, je la trouvois tuante.

Ah! Monſieur! m'écriai-je, que me propoſez-vous-là? Moi! m'en retourner dans votre Caroſſe au logis, & y arriver avec vous! avec un homme de votre âge! Non, Monſieur, je n'aurai pas cette imprudence-là; le Ciel m'en préſerve. Vous ne ſongez pas à ce qu'on en diroit: tout eſt plein de médiſans; & ſi on ne va pas me chercher une voiture, j'aime encore mieux m'en aller à pied chez moi, & m'y traîner comme je pourrai, que d'accepter vos offres.

Ce diſcours ne ſouffroit point de replique; auſſi m'en parut-il outré.

Allons, Mademoiſelle, s'écria-t-il à ſon tour avec douleur, en ſe levant d'auprès de moi: Je vous entends. Vous ne voulez plus que je vous revoye, ni que je ſçache où vous reprendre; car, de m'alléguer la crainte que vous avez, dites-vous, de ce qu'on pourroit dire, il n'y a pas d'apparence qu'elle ſoit le motif de vos refus. Vous vous bleſſez en tombant, vous êtes à ma porte, je m'y trouve, vous avez beſoin de ſecours, mille gens ſont témoins de votre accident, vous ne ſçauriez vous ſoûtenir, je vous fais porter chez moi, de-là

je

je vous ramene chez vous. Il n'y a rien de fi fimple, vous le fentez bien ; mais rien en même tems, qui me mît plus naturellement à portée d'être connu de vos parens : & je vois bien, que c'eft à quoi vous ne voulez pas que je parvienne. Vous avez vos raifons, fans doute ; ou je vous déplais, ou vous étes prévenue.

Et, là-deffus, fans me donner le tems de lui répondre, outré du filence morne que j'avois gardé jufques-là, &, dans l'amertume de fon chagrin, ayant l'air content d'être privé de ce qu'il étoit au defefpoir de perdre ; il part, s'avance vers la porte de la Salle, & appelle impétueufement un laquais, qui accourt. Qu'on aille chercher une chaife, lui dit-il : & fi on n'en trouve pas, qu'on amene un caroffe ; Mademoifelle ne veut pas du mien.

Et puis, revenant à moi : Soyez en repos, ajouta-t-il : vous allez avoir ce que vous fouhaitez, Mademoifelle. Il n'y a plus rien à craindre : & vous, & vos parens, me ferez éternellement inconnus, à moins que vous ne me difiez votre nom ; & je ne penfe pas que vous en ayés envie.

A cela, nulle réponfe encore de ma part ; je n'étois plus en état de parler.

C 2

En

En revanche, devinez ce que je faifois, Madame? Excédée de peines, de foupirs, de réfléxions, je pleurois la tête baiffée. Vous pleuriez? Oui, j'avois les yeux remplis de larmes. Vous en étes furprife: mais, mettez-vous bien au fait de ma fituation, & vous verrez dans quel épuifement de courage je devois tomber.

Que n'avois-je pas fouffert depuis une demie-heure! Comptons mes détreffes. Une vanité inéxorable, qui ne vouloit point de Madame Dutour, ni par conféquent que je fuffe Lingere; une pudeur gémiffante de la figure d'Avanturiere que j'allois faire, fi je ne m'en tenois pas à étre fille de boutique; un amour defefperé, à quoi que je me déterminaffe là-deffus: car, une fille de mon état, me difois-je, ne pouvoit pas conferver la tendreffe de Valville, ni une fille fufpecte meriter qu'il l'aimât.

A quoi donc me refoudre? à m'en aller fur le champ? Autre affliction pour mon cœur, qui fe trouvoit fi bien de l'entretien de Valville.

Et voyez que de differentes mortifications il avoit fallu fentir, pefer, effayer fur mon ame, pour en comparer les douleurs, & fçavoir à laquelle je donnerois la trifte préférence! Encore, à quoi
m'a-

m'avoit-il fervi d'opter de m'être enfin
fixée à la douleur de quitter Valville ?
M'en étoit-il moins difficile de lui refter
inconnuë, comme c'étoit mon deffein ?
Non, vrayment; car, il m'offroit fon
caroffe, il vouloit me reconduire: en-
fuite, il fe retranchoit à fçavoir mon
nom, qu'il n'étoit pas naturel de lui ca-
cher, mais que je ne pouvois pas lui
dire, puifque je ne le fçavois pas moi-
même, à moins que je ne priffe celui
de Marianne; &, prendre ce nom-là,
c'étoit prefque declarer Madame Dutour
& fa boutique, ou faire foupçonner quelque chofe d'approchant.

A quoi donc en étois-je reduite! A
quitter brufquement Valville fans aucun
menagement de politeffe & de reconnoiffance; à me feparer de lui comme
d'un homme avec qui je voulois rom-
pre: lui qui m'aimoit, lui que je regret-
tois, lui qui m'apprenoit que j'avois un
cœur; (car on ne le fent que du jour
où l'on aime, & jugez combien ce cœur
eft remué de la premiere leçon d'amour
qu'il reçoit!) enfin, lui que je facrifiois
à une vanité haïffable, que je condam-
nois intérieurement moi-même, qui me
paroiffoit ridicule, & qui, malgré tout
le tourment qu'elle me caufoit, ne me

laiflaiſſoit pas ſeulement la conſolation de me trouver à plaindre !

En verité, Madame, avec une tête de quinze ou ſeize ans, avois-je tort de ſuccomber, de perdre tout courage, & d'être abattue juſqu'aux larmes ?

Je pleurai donc ; & il n'y avoit peut-être de meilleur expedient pour me tirer d'affaire, que de pleurer, & de laiſſer tout-là. Notre ame ſçait bien ce qu'elle fait, ou du moins ſon inſtinct le ſçait bien pour elle.

Vous croyez que mon découragement eſt mal entendu, qu'il ne peut tourner qu'à ma confuſion ; & c'eſt le contraire. Il va remedier à tout ; car, premiérement, il me ſoulagea, il me mit à mon aiſe, il affoiblit ma vanité, il me défit de cet orgueilleux effroi que j'avois d'être connue de Valville. Voilà déja bien du repos pour moi : voici d'autres avantages.

C'eſt que cet abattement, & ces pleurs, me donnerent aux yeux de ce jeune homme je ne ſçai quel air de dignité romaneſque, qui lui en impoſa, qui corrigea d'avance la mediocrité de mon état, qui diſpoſa Valville à l'apprendre ſans en être ſcandaliſé : car, vous ſentez bien que tout ceci ne ſçauroit de-
meu-

meurer fans quelque petit éclairciffe-
ment; mais, n'en foyez point en peine, & laiffez faire aux pleurs que je ré-
pands: ils viennent d'annoblir Marianne
dans l'imagination de fon Amant; ils
font foi d'une fierté de cœur, qui empê-
chera bien qu'il ne la dédaigne.

Et, dans le fond, obfervons une chofe. Etre jeune & belle, ignorer fa naiffance, & ne l'ignorer que par un coup
de malheur, rougir & foupirer en illuf-
tre infortunée de l'humiliation où cela
vous laiffe; fi j'avois affaire à l'Amour,
lui qui eft tendre & galant, qui fe plaît
à honorer ce qu'il aime; voilà pour lui
paroître charmante & refpeætable, dans
quelle fituation & avec quel amas de
circonftances je voudrois m'offrir à lui.

Il y a de certaines infortunes, qui
embelliffent la beauté même, qui lui prê-
tent de la majefté. Vous avez alors,
avec vos graces, celles que votre Hiftoire, faite comme un Roman, vous
donne encore. Et, ne vous embarraffez
pas d'ignorer ce que vous êtes née: laiffez travailler les chimeres de l'Amour
là-deffus; elles fçauront bien vous faire
un rang diftingué, & tirer bon parti des
tenebres qui cacheront votre naiffance.
Si une femme pouvoit être prife pour

C 4

une

une Divinité, ce feroit en pareil cas, que fon Amant l'en croiroit une.

A la verité, il ne faut pas s'attendre que cela dure : ce font-là de ces graces & de ces dignités d'emprunt, qui s'en retournent avec les amoureufes folies qui vous en parent.

Et moi, je retourne toujours aux Réfléxions, & je vous avertis que je ne me les reprocherai plus ; vous voyez bien, que je n'y gagne rien, & que je fuis incorrigible : ainfi, tâchons toutes deux de n'y plus prendre garde.

J'ai laiffé Valville defefpéré de ce que je voulois partir fans me faire connoître ; mais, les pleurs qu'il me vit répandre le calmérent tout d'un coup. Je n'ai jamais rien vû, ni de fi tendre, que ce qui fe peignit alors fur fa phyfionomie : &, en effet, mes pleurs ne concluoient rien de fâcheux pour lui ; ils n'annonçoient, ni haine, ni indifference, ils ne pouvoient fignifier que de l'embarras.

Hé, quoi! Mademoifelle, vous pleurez? me dit-il, en venant fe jetter à mes genoux avec un amour, où l'on déméloit déja je ne fçai quel tranfport d'efperance : vous pleurez ? Eh! quel eft donc le motif de vos larmes ? Vous.
ai-

ai-je dit quelque chose qui vous chagri-
ne ? Parlez, je vous en conjure. D'où
vient que je vous vois dans cet état-là ?
ajouta-t-il, en me prenant une main
qu'il accabloit de caresses, & que je ne
retirois pas, mais que dans ma conster-
nation je semblois lui abandonner avec
décence, & comme à un homme dont
le bon cœur, & non pas l'amour, obte-
noit de moi cette nonchalance-là.

Répondez-moi, s'écrioit-il. Avez-
vous d'autres sujets de tristesse ? Et
pourriez-vous hésiter d'ouvrir votre
cœur à qui vous a donné tout le sien, à
qui vous jure qu'il sera toûjours à vous,
à qui vous aime autant que vous meri-
tez d'être aimée ? Est-ce qu'on peut
voir vos larmes sans souhaiter de vous
secourir ? Et vous est-il permis de m'en
pénétrer sans vouloir rien faire de l'at-
tendrissement où elles me jettent ? Parlez : quel service faut-il vous rendre ?
Je compte que vous ne vous en irez pas
si-tôt.

Il faudroit donc envoyer chez Madame Dutour, lui dis-je naïvement alors,
comme entraînée moi-même par le tor-
rent de sa tendresse & de la mienne.

Et la voilà enfin déclarée, cette Madame Dutour si terrible, & sa boutique,
& son enseigne, (car tout cela étoit com-

C 5   pris

pris dans son nom ;) & la voilà decla-
rée, sans que j'y hésitasse : je ne m'ap-
perçûs pas que j'en parlois.

Chez Madame Dutour ! Une Marchande de linge ? Hé, je la connois,
dit Valville. C'est donc elle, qui aura
soin d'aller chez vous, avertir où vous
êtes ? Mais, de la part de qui lui dira-
t-on qu'on vient ?

A cette question, ma naïveté m'a-
bandonna, je me retrouvai glorieuse &
confuse, & je retombai dans tous mes
embarras.

Et, en effet, y avoit-il rien de si
piquant que ce qui m'arrivoit ! Je
viens de nommer Madame Dutour, je
crois par-là avoir tout dit, & que Valville est à peu près au fait. Point du
tout ; il se trouve qu'il faut recommen-
cer, que je n'en suis pas quitte, que je
ne lui ai rien appris, & qu'au lieu de
comprendre, que je n'envoye chez elle, que parce que j'y demeure, il entend seulement que mon dessein est de
la charger d'aller dire à mes parens où
je suis. C'est-à-dire, qu'il la prend pour
ma Commissionnaire : c'est-là toute la
relation qu'il imagine entre elle & moi.

Et d'où vient cela ? C'est que j'ai si
peu l'air d'une Marianne ; c'est que
mes graces, & ma physionomie, le
préoc-

préoccupent tant en ma faveur : c'eſt qu'il eſt ſi éloigné de penſer que je puiſ-ſe apartenir, de près ou de loin, à une Madame Dutour ; qu'apparemment il ne ſçaura que je loge chez elle, & que je ſuis ſa fille de boutique, que quand je le lui aurai dit, & peut-etre repeté, dans les termes les plus ſimples, les plus na-turels, & les plus clairs.

Oh! Voyez combien il ſera ſurpris ; & ſi moi, qui prévois ſa ſurpriſe, je ne dois pas fremir plus que jamais de la lui donner !

Je ne répondois donc rien ; mais, il ſe mêloit à mon ſilence un air de confu-ſion ſi marqué, qu'à la fin Valville en-trevit ce que je n'avois pas le courage de lui dire.

Quoi ! Mademoiſelle : eſt-ce que vous logez chez Madame Dutour ? Oui, Monſieur, lui répondis-je d'un ton vrayment humilié. Je ne ſuis pour-tant pas faite pour être chez elle ; mais, les plus grands malheurs du monde m'y réduiſent. Voilà donc ce que ſignifioient vos pleurs ? me répondit-il, en me ſer-rant la main avec un attendriſſement qui avoit quelque choſe de ſi honnéte pour moi, de ſi reſpectueux, que c'é-toit comme une réparation des injures

que

que me faisoit le sort. Voyez si mes pleurs m'avoient bien servie.

L'Article, sur lequel nous en étions, alloit sans doute donner matiere à une longue conversation entre nous, quand on ouvrit avec grand bruit la porte de la salle, & que nous vîmes entrer une Dame menée, devinez par qui ? par Monsieur de Climal, qui, pour premier objet, apperçut Marianne en face, à demi couchée sur un lit de repos, les yeux moüillés de larmes, & tête à tête avec un jeune homme, dont la posture tendre & soumise menoit à croire, que son entretien rouloit sur l'amour, & qu'il me disoit, *Je vous adore*; car, vous sçavez, qu'il étoit étoit à mes genoux : &, qui plus est, c'est que, dans ce moment, il avoit la tête baissée sur une de mes mains ; ce qui concluoit aussi, qu'il la baisoit. N'étoit-ce pas-là un tableau bien amusant pour Monsieur de Climal ?

Je voudrois pouvoir vous exprimer ce qu'il devint. Vous dire qu'il rougit, qu'il perdit toute contenance, ce n'est vous rendre que les gros traits de l'état où je le vis.

Figurez-vous un homme, dont les yeux regardoient tout sans rien voir, dont les bras se remuoient toûjours sans

avoir

avoir de geſte, qui ne ſçavoit quelle attitude donner à ſon corps qu'il avoit de trop, ni que faire de ſon viſage, qu'il ne ſçavoit ſous quel air preſenter, pour empêcher qu'on n'y vît ſon deſordre qui alloit s'y peindre.

Monſieur de Climal étoit amoureux de moi : comprenez donc combien il fut jaloux. Amoureux, & jaloux ! Voilà déja de quoi être bien agité : & puis, Monſieur de Climal étoit un faux-dévot, qui ne pouvoit avec honneur laiſſer tranſpirer, ni jalouſie, ni amour. Ils tranſpiroient pourtant malgré qu'il en eût : il le ſentoit bien, il en étoit honteux, il avoit peur qu'on n'apperçût ſa honte ; & tout cela enſemble lui donnoit je ne ſçai quelle incertitude de mouvemens, ſote, ridicule, & qu'on voit mieux qu'on ne l'explique. Et ce n'eſt pas-là tout : ſon trouble avoit encore un grand motif que j'ignorois : le voici ; c'eſt que Valville, en ſe levant, s'écria à demi bas, Eh ! c'eſt mon oncle !

Nouvelle augmentation de ſingularité dans ce coup de hazard. Je n'avois fait que rougir en le voyant, cet oncle : mais, ſa parenté que j'apprenois me déconcerta encore davantage ; & la maniere dont je le regardai, s'il y fit attention, m'accuſoit bien nettement d'avoir

voir pris plaifir aux difcours de Valville. J'avois tout-à-fait l'air d'être fa com-
plice : cela n'étoit pas douteux à ma contenance.

De forte que nous étions trois figu-
res très-interdites. A l'égard de la Dame que menoit Monfieur de Climal, elle ne me parut pas s'appercevoir de notre embarras ; & ne remarqua, je penfe, que mes graces, ma jeuneffe, & la
tendre pofture de Valville.

Ce fut elle, qui ouvrit la converfation.
Je ne vous plains point, Monfieur : vous
êtes en bonne compagnie ; un peu dan-
gereufe, à la vérité. Je n'y crois pas
votre cœur fort en fureté, dit-elle à Valville en nous faluant : à quoi d'abord il
ne répondit que par un fourire, faute
de fçavoir que dire. Monfieur de Climal fourioit auffi, mais de mauvaife grace, & en homme indéterminé fur le
parti qu'il avoit à prendre, & inquiet
de celui que je prendrois ; car, falloit-il
qu'il me connût ou non, & moi - même
allois-je en agir avec lui comme avec
un homme que je connoiffois ?

D'un autre côté, ne fçachant auffi quel
accueil je devois lui faire, j'obfervois le
fien pour m'y conformer ; & comme
fon air fouriant ne régloit rien là-deffus,
la maniere dont je le faluai ne fut pas
plus

plus décifive, & fe fentit de l'équivoque où il me laiſſoit.

En un mot, j'en fis trop, & pas aſ-
fez. Dans la moitié de mon falut, il
fembloit que je le connoiſſois; dans l'autre moitié, je ne le connoiſſois plus:
c'étoit oui, c'étoit non, & tous les
deux manqués.

Valville remarqua cette façon d'agir
obſcure; car, il me l'a dit depuis. Il en
fut frappé.

Il faut ſçavoir, que, depuis quelque
tems, il ſoupçonnoit fon oncle de n'être
pas tout ce qu'il vouloit paroître; il
avoit appris par de certains faits à fe dé-
fier de fa Religion & de fes Mœurs. Il
voyoit que j'étois aimable, que je de-
meurois chez Madame Dutour, que j'a-
vois beaucoup pleuré avant que de l'a-
vouër. Que pouvoit, après cela, ſigni-
fier cet accueil à double fens que je faifois à M. de Climal, qui n'avoit pas à
fon tour un maintien moins compoſé ni
plus clair? Il y avoit-là matiere à de
fâcheufes conjectures.

J'oublie de vous dire, que je feignis
de vouloir me lever, pour faluer plus
décemment. Non, Mademoifelle, non,
demeurez, me dit Valville; ne vous le-
vez point. Madame vous en empêche-
ra elle-même, quand elle ſçaura que
vous

vous vous êtes bleſſée au pied. Pour Monſieur, ajouta-t-il, en adreſſant la parole à ſon oncle, je crois qu'il vous en diſpenſe, d'autant plus qu'il me paroît que vous vous connoiſſez.

Je ne penſe pas avoir cet honneur-là, répondit ſur le champ Monſieur de Climal, avec une rougeur qui vangeoit la verité de ſon effronterie. Eſt-ce que Mademoiſelle m'auroit vû quelque part? ajouta-t-il, en me regardant d'un œil qui me demandoit le ſecret. Je ne ſçai, repartis-je d'un ton moins hardi que mes paroles; mais, il me ſembloit que la phyſionomie de Monſieur ne m'étoit pas inconnue. Cela ſe peut, dit-il. Mais, qu'eſt-il donc arrivé à Mademoiſelle? Eſt-ce qu'elle eſt tombée?

Et cette queſtion-là, il la faiſoit à ſon neveu, qui ne lui répondoit rien. Il ne l'avoit pas ſeulement entendue : ſon inquiétude l'occupoit de bien d'autres choſes.

Oui, Monſieur, dis-je alors pour lui; toute confuſe que j'étois d'aider à ſoutenir un menſonge dans lequel je voyois bien que Valville m'accuſoit d'être de moitié avec ſon oncle. Oui, Monſieur : c'eſt une chûte que j'ai faite près d'ici, preſqu'au ſortir de la Meſſe ; & on m'a portée dans cette ſalle, parce que je ne pouvois marcher.

Mais,

Mais, dit la Dame, il faudroit du secours. Si c'étoit une entorse ; cela est
considerable. Etes-vous seule, Mademoiselle ? N'avez-vous personne avec
vous ? Pas un laquais ? Pas une femme ?
Non, Madame, répondis-je, fachée de
l'honneur qu'elle me faisoit, & que je
reprochois à ma figure qui en étoit cause: je ne demeure pas loin d'ici. Hé
bien, dit-elle, nous allons diner Monsieur de Climal & moi dans ce quartier:
nous vous remenerons.

Encore ! dis-je en moi-même : Quelle
persécution ! Tout le monde a donc la
fureur de me ramener ! Car, sur cet ar-
ticle-là, je n'avois pas l'esprit bien fait:
& ce qui me frappa d'abord, ce fut,
comme avec Valville, l'affront d'être re-
conduite à cette malheureuse boutique.

Cette Dame, qui parloit de femme,
de laquais, dont elle s'imaginoit que je
devois être suivie, après cette opinion
fastueuse de mon état, qu'auroit-elle
trouvé ? Marianne. Le beau dénoûe-
ment ! Et quelle Marianne encore ? Une
petite friponne en liaison avec Monsieur
de Climal, c'est-à-dire avec un franc
Hypocrite.

Car, quel autre nom eût pû esperer
cet homme de bien ? Je vous le deman-

de. Que feroit devenue la bonne odeur
de fa vie ; lui, qui avoit nié de me connoître, & moi-méme qui m'étois prêtée
à fon impofture ? N'aurois - je pas été
une jolie mignone avec mes graces, fi
Madame Dutour & Toinon s'étoient
trouvées fur le pas de leur porte, comme elles en avoient volontiers la coûtu-
me, & nous euffent dit : Ah ! c'eft donc
vous, Monfieur ? Eh ! d'où venez-vous
Marianne ? comme affurément elles n'y
auroient pas manqué.

Oh ! voilà ce qui devoit me faire
trembler, & non pas ma boutique ; c'é-
toit-là le véritable opprobre qui méri-
toit mon attention. Je ne l'apperçus
pourtant que le dernier ; & cela eft dans
l'ordre. On va d'abord au plus preffé
pour nous, c'eft nous même, c'eft-à-
dire notre orgueil : car, notre orgueil
& nous ce n'eft qu'un, au lieu que nous
& notre vertu, c'eft deux. N'eft-ce
pas, Madame ?

Cette vertu, il faut qu'on nous la
donne ; c'eft en partie une affaire d'ac-
quifition. Cet orgueil, on ne nous le
donne pas : nous l'apportons en naiffant,
nous l'avons tant qu'on ne fçauroit nous
l'ôter ; &, comme il eft le premier en
date, il eft dans l'occafion le premier
servi.

fervi. C'eſt la nature, qui a le pas ſur l'éducation. Comme il y a long-tems que je n'ai fait de pauſe, vous aurez la bonté de vouloir bien que j'obſerve encore une choſe que vous n'avez peut-être pas aſſez remarquée.

C'eſt que dans la vie nous ſommes plus jaloux de la conſideration des autres, que de leur eſtime, & par conſéquent de notre innocence ; parce que c'eſt préciſément nous que leur conſideration diſtingue, & que ce n'eſt qu'à nos mœurs que leur eſtime s'adreſſe.

Oh ! nous nous aimons encore plus que nos mœurs. Eſtimez mes qualités tant qu'il vous plaira, vous diroient tous les hommes ; vous me ferez grand plaiſir, pourvû que vous m'honoriez, moi qui les ai, & qui ne ſuis pas elles : car, ſi vous me laiſſez-là, ſi vous négligez ma perſonne, je ne ſuis pas content, vous prenez à gauche, c'eſt comme ſi vous me donniez le ſuperflu, & que vous me refuſaſſiez le néceſſaire : faites-moi vivre d'abord, & me divertiſſez après ; ſi-non, j'y pourvoirai. Et qu'eſt-ce que cela veut dire ? C'eſt que, pour parvenir à être honoré, je ſçaurai bien ceſſer d'être honorable : &, en effet, c'eſt aſſez-là le chemin des honneurs.

Qui

Qui les mérite n'y arrive guéres. J'ai fini.

Ma Réfléxion n'eſt pas mal placée : je l'ai faite ſeulement un peu plus longue que je ne croyois. En revanche, j'en ferai quelqu'autre ailleurs qui ſera trop courte.

Je ne ſçai pas comment nous nous ſerions échapés, Monſieur de Climal & moi, du péril où nous jettoit cette Dame, en offrant de me reconduire.

Auroit-il pû s'exempter de prêter ſon caroſſe ? aurois-je pû refuſer de le prendre ? Tout cela étoit difficile. Il paliſſoit, & je ne répondois rien : ſes yeux me diſoient, tirez - moi d'affaire, les miens lui diſoient, tirez-m'en vous-même ; & notre ſilence commençoit à devenir ſenſible, quand il entra un laquais qui dit à Valville que le caroſſe, qu'il avoit envoyé chercher pour moi, étoit à la porte.

Cela nous ſauva ; & mon Tartufe en fut ſi raſſuré, qu'il oſa même abuſer de la ſécurité où il ſe trouvoit pour lors, & porter l'audace juſqu'à dire : Mais, il n'y a qu'à renvoyer ce caroſſe, il eſt inutile, puiſque voilà le mien ; & cela, du ton d'un homme qui avoit compté me mener, & qui n'avoit négligé de
ré-

répondre à la propofition, que parce qu'elle ne faifoit pas la moindre difficulté.

Je fonge pourtant, que je devrois rayer l'épithete de Tartuffe, que je viens de lui donner; car, je lui ai obligation à ce Tartuffe-là. Sa mémoire me doit être chere : il devint un homme de bien pour moi. Ceci foit dit pour l'acquit de ma reconnoiffance, & en réparation du tort que la verité hiftorique pourra lui faire encore. Cette vérité a fes droits, qu'il faut bien que Monfieur de Climal effuye.

Je compris bien, qu'il s'en fioit à moi pour l'impunité de fa hardieffe, & qu'il ne craignoit pas que j'euffe la malice ou la fimplicité de l'en faire repentir.

Non, Monfieur, lui répondis je, il n'eft pas néceffaire que je vous dérange, puifque j'ai une voiture pour m'en retourner; & fi Monfieur, dis-je tout de fuite en parlant à Valville, veut bien appeller quelqu'un pour m'aider à me lever d'ici, je partirai tout à l'heure.

Je penfe que ces Meffieurs vous aideront bien eux-mêmes, dit galament la Dame; & en voici un, (c'étoit Valville qu'elle montroit,) qui ne fera pas

 fâché

fâché d'avoir cette peine-là : n'eſt-il
pas vrai ? (diſcours qui venoit ſans doute de ce qu'elle l'avoit vû à mes genoux.) Au reſte, ajouta-t-elle, comme
nous nous en allons auſſi, il faut vous
dire ce qui nous amenoit. Avez-vous
des nouvelles de Madame de Valville ?
(c'étoit la mere du jeune homme.) Ar-
rive-t-elle de ſa Campagne ? La rever-
rons-nous bientôt ? Je l'attens cette ſe-
maine, dit Valville d'un air diſtrait &
nonchalant, qui prouvoit mal cet em-
preſſement que la Dame lui avoit ſup-
poſé pour moi, & qui m'auroit peut-
être piquée moi-même, ſi je n'avois pas
eu auſſi mes petites affaires dans l'eſprit : mais, j'étois trop dans mon tort,
pour y trouver à redire. Il y avoit d'ailleurs dans ſa nonchalance je ne ſçai
quel fond de triſteſſe qui me rendoit
honteuſe, parce que j'en appercevois le
motif.

Je ſentois que c'étoit un cœur con-
ſterné de ne ſçavoir plus ſi je méritois
ſa tendreſſe, & qui avoit peur d'être
obligé d'y renoncer. Y avoit-il rien de
plus obligeant pour moi, que cette
peur-là, Madame ? Rien de plus fla-
teur, de plus aimable ; rien de plus digne de jetter mon cœur dans un hum-
ble

ble & tendre embarras devant le sien? Car c'étoit-là précisément tout ce que j'éprouvois. Un mélange de plaisir, & de confusion: voilà mon état. Ce sont de ces choses dont on ne peut dire que la moitié de ce qu'elles sont.

Malgré cet air de froideur dont je vous ai parlé, Valville, après avoir satisfait à la question de la Dame, vint à moi pour m'aider à me lever, & me prit par dessous les bras. Mais, comme il vit que Monsieur de Climal s'avançoit aussi. Non, Monsieur, dit-il, ne vous en mêlez pas: vous ne seriez pas assez fort pour soûtenir Mademoiselle; & je doute qu'elle puisse poser le pied à terre: il vaut mieux appeller quelqu'un. Monsieur de Climal se retira. (On a si peu d'assurance, quand on n'a pas la conscience bien nette!) Et là-dessus il sonne. Deux de ses gens arrivent: Approchez, leur dit-il, & tâchez de porter Mademoiselle jusqu'à son carosse.

Je crois que je n'avois pas besoin de cette cérémonie-là, & qu'avec le secours de deux bras, je me serois aisément soutenue; mais, j'étois si étourdie, si déconcertée, que je me laissai

me-

mener comme on vouloit, & comme je ne voulois pas.

Monſieur de Climal & la Dame, qui s'en retournoient enſemble, me ſuivirent ; & Valville marchoit le dernier en nous ſuivant auſſi.

Quand nous traverſames la Cour, je le vis du coin de l'œil qui parloit à l'oreille d'un laquais.

Et puis me voilà arrivée à mon caroſſe, où la Dame, avant que de monter dans le ſien, voulut obligeamment m'arranger elle-même. Je l'en remerciai. Mon compliment fut un peu confus. Ce que je dis à Valville le fut encore davantage. Je croi qu'il n'y répondit que par une reverence qu'il accompagna d'un coup d'œil où il y avoit bien des choſes, que j'entendis toutes, mais que je ne ſçaurois rendre, & dont la principale ſignifioit : Que faut-il que je penſe ?

Enſuite, je partis interdite, ſans ſçavoir ce que je penſois moi-même, ſans avoir ni joye ni triſteſſe, ni peine ni plaiſir. On me menoit, & j'allois : Qu'eſt-ce que tout cela deviendra ! Que vient-il de ſe paſſer ! Voilà tout ce que je me diſois, dans un étonnement qui ne me laiſſoit nul exercice d'eſprit, & pen-

pendant lequel je jettai pourtant un grand foupir, qui échapa plus à mon inftinct qu'à ma penfée.

Ce fut dans cet état, que j'arrivai chez Madame Dutour. Elle étoit affife à l'entrée de fa boutique, qui s'impatientoit à m'attendre, parceque fon diner étoit prêt.

Je l'apperçus de loin, qui me regardoit dans le caroffe où j'étois, & qui m'y voyoit, non comme Marianne, mais comme une perfonne qui lui reffembloit tant, qu'elle en étoit furprife; & mon caroffe étoit déja arreté à la porte, qu'elle ne s'avifoit pas encore de croire que ce fût moi : (c'eft, qu'à fon compte, je ne devois arriver qu'à pied.)

A la fin pourtant, il fallut bien me reconnoître. Ah! ah! Marianne. Eh! c'eft vous, s'écria-t-elle. Eh! pourquoi donc en fiacre? Eft-ce que vous venez de fi loin? Non, Madame, lui dis-je; mais, je me fuis bleffée en tombant, & il m'étoit impoffible de marcher. Je vous conterai mon Accident, quand je ferai rentrée. Ayez à prefent la bonté de m'aider, avec le cocher, à defcendre.

Le cocher ouvroit la portiere, pen-

dant

dant que je parlois. Allez, allez, me dit-il, arrivez : ne vous embarraffez pas, Mademoifelle ; pardi, je vous defcendrai bien tout feul. Un bel enfant comme vous qu'eft-ce que cela pefe ? C'eft le plaifir. Venez, venez : jettez-vous hardiment, je vous porterois encore plus loin que vous n'iriez fur vos jambes.

En effet, il me prit entre fes bras, & me tranfporta comme une plume, jufqu'à la boutique où je m'affis tout d'un coup.

Il eft bon de vous dire, que, dans l'intervale du tranfport, je jettai les yeux dans la rue du côté d'où je venois, & que je vis à trente où quarante pas de-là un des gens de Valville, qui étoit arrêté, & qui avoit tout l'air d'avoir couru pour me fuivre ; & c'étoit apparemment-là le réfultat de ce qu'il avoit dit à ce laquais, quand je l'avois vû lui parler à l'oreille.

La vûe de ce domeftique apofté reveilla toute ma fenfibilité fur mon avanture, & me fit encore rougir : c'étoit un témoin de plus de la petiteffe de mon état ; & ce garçon, quoiqu'il n'eût fait que me voir chez Valville, ne fe feroit pas (j'en fuis fûre) imaginé

que

que je dûſſe entrer chez moi par une
boutique : c'eſt une reflexion que je fis ;
n'en étoit-ce pas aſſez pour être fâchée
de le trouver-là ? Il eſt vrai, que ce
n'étoit qu'un laquais ; mais, quand on
eſt glorieuſe, on n'aime à perdre dans
l'eſprit de perſonne. Il n'y a point de
petit mal pour l'orgueil, point de minu-
tie, rien ne lui eſt indifferent ; &, enfin, ce valet me mortifia. D'ailleurs, il
n'étoit-là que par l'ordre de Valville ;
il n'y avoit pas à en douter. C'étoit
bien la peine que mon maître fît tant
de façons avec cette petite fille-là ! pouvoit-il dire en lui-même, d'après ce
qu'il voyoit. Car, ces gens-là ſont
plus moqueurs que d'autres ; c'eſt le re-
gal de leur baſſeſſe, que de mépriſer ce
qu'ils ont reſpecté par mépriſe : & je
craignois que cet homme-ci, dans ſon
rapport à Valville, ne gliſſât ſur mon
compte quelque tournure inſultante ;
qu'il ne ſe regalât un peu aux dépens
de mon domicile, & n'achevât de rebu-
ter la délicateſſe de ſon maître. Je n'a-
vois déja que trop baiſſé de prix à ſes
yeux. Il n'oſoit déja plus faire tant de
cas de l'honneur qu'il y auroit à me plaire : & adieu le plaiſir d'avoir de l'amour,
quand la vanité d'en inſpirer nous quitte ;

te; & Valville étoit prefque dans ce cas-là. Voyez le tort que m'eût fait alors le moindre trait railleur jetté fur moi; car, on ne fçauroit croire la force de certaines bagatelles fur nous, quand elles font bien placées: & la verité eft, que les dégoûts de Valville, provenus de-là, m'auroient plus faché, que la certitude de ne le plus voir.

A peine fus-je affife, que je tirai de l'argent pour payer le cocher; mais, Madame Dutour, en femme d'experience, crut devoir me conduire là-deffus, & me trouva trop jeune pour m'abandonner ce petit détail. Laiffez-moi faire, me dit-elle; je vais le payer. Où vous a-t-il pris? Auprès de la Paroiffe, lui dis-je. Hé! c'eft tout près d'ici, repliqua-t-elle en comptant quelque monnoye: tenez, mon enfant, voi-là ce qu'il vous faut.

Ce qu'il me faut! cela! dit le cocher, qui lui rendit fa monnoye avec un dédain brutal. Oh! que nenni; cela ne fe mefure pas à l'aune. Mais, que veut-il dire avec fon aune, cet homme? repliqua gravement Madame Dutour. Vous devez être content: on fçait peut-être bien ce que c'eft qu'un caroffe; ce n'eft pas d'aujourd'hui qu'on en paye.

Eh!

Eh! quand ce feroit de demain, dit le cocher; qu'eſt-ce que cela avance? Donnez-moi mon affaire, & ne crions pas tant. Voyez de quoi elle ſe méle! Eſt-ce vous que j'ai menée? Eſt-ce qu'on vous demande quelque choſe? Quelle diable de femme, avec ſes douze ſols! Elle marchande cela comme une botte d'herbes.

· Madame Dutour étoit fiere, parée, & qui plus eſt aſſez jolie; ce qui lui donnoit encore une autre eſpece de gloire.

Les femmes d'un certain état s'imaginent en avoir plus de dignité, quand elles ont un joli viſage: elles regardent cet avantage-là comme un rang. La vanité s'aide de tout, & remplace ce qui lui manque avec ce qu'elle peut. Madame Dutour donc, ſe ſentit offenſée de l'Apoſtrophe ignoble du cocher: (je vous raconte cela, pour vous divertir;) la botte d'*herbes* ſonna mal à ſes oreilles. Comment ce jargon-là pouvoit-il venir à la bouche de quelqu'un qui la voyoit? Y avoit-il rien dans ſon air qui fît penſer à pareille choſe? En verité, mon ami, il faut avouër que vous êtes bien impertinent, & il me convient bien d'écouter vos ſotiſes, dit-elle. Allons, re-
tirez-

tirez-vous. Voilà votre argent ; prenez ou laiſſez : qu'eſt-ce que cela ſignifie ? Si j'appelle un voiſin, on vous apprendra à parler aux Bourgeois plus honnêtement que vous ne faites.

Hé bien, qu'eſt-ce que me vient conter cette chiffonniere ? repliqua l'autre en vrai fiacre. Garre ! Prenez garde à elle : elle a ſon fichu des Dimanches ! Ne ſemble-t-il pas qu'il faille tant de cérémonies pour parler à Madame ? On parle bien à Pérete ! Hé, palſambleu ! payez-moi. Quand vous ſeriez encore quatre fois plus bourgeoiſe que vous n'êtes, qu'eſt-ce que cela me fait ? Faut-il pas que mes chevaux vivent ? Avec quoi dineriez-vous, vous qui parlez, ſi on ne vous payoit pas votre toile ? Auriez-vous la face ſi large ? Fy ! que cela eſt vilain d'être craſſeuſe !

Le mauvais exemple débauche. Madame Dutour, qui s'étoit maintenue juſques-là dans les bornes d'une aſſez digne fierté, ne put réſiſter à cette derniere brutalité du cocher : elle laiſſa-là le rolle de femme reſpectable qu'elle joüoit, & qui ne lui rapportoit rien, ſe mit à ſa commodité, & en revint à la maniere de quereller qui étoit à ſon uſage ; c'eſt-à-dire, aux diſcours d'une
com-

commere de comptoir ſubalterne : elle ne s'y épargna pas.

Quand l'amour-propre, chez les perſonnes comme elle, n'eſt qu'à demi-fâché, il peut encore avoir ſoin de ſa gloire, ſe poſſeder, ne faire que l'important, & garder quelque décence : mais, dès qu'il eſt pouſſé à bout, il ne s'amuſe plus à ces fadeurs-là, il n'eſt plus aſſez glorieux pour prendre garde à lui ; il n'y a plus que le plaiſir d'etre bien groſſier, & de ſe déshonorer tout à ſon aiſe, qui le ſatisfaſſe.

De ce plaiſir-là, Madame Dutour s'en donna ſans diſcretion. Attens ! attens ! yvrogne, avec ton fichu des Dimanches ; tu vas voir la Pérete qu'il te faut : je vais te la montrer, moi, s'écria-t-elle en courant ſe ſaiſir de ſon aune qui étoit à côté du comptoir.

Et, quand elle en fut armée, Allons ; ſors d'ici, s'écria-t-elle, ou je te meſure avec cela, ni plus ni moins qu'une piéce de toile, puiſque toile y a. Jarnibleu ! ne me frappez pas ! lui dit le cocher qui lui retenoit le bras. Ne ſoyez pas ſi oſée ! Je me donne au Diable ! Ne badinons point ! Voyez-vous ! Je ſuis un gaillard qui n'aime pas les coups, ou la peſte m'étouffe ! Je ne vous demande que mon dû, entendez-vous; il n'y a point de mal à ça.

Le bruit qu'ils faisoient attiroit du monde: on s'arrétoit devant la boutique. Me laisseras-tu! lui disoit Madame Dutour, qui disputoit toujours son aune contre le Cocher. Levez-vous donc, Marianne: appellez Monsieur Ricard. Monsieur Ricard! crioit-elle tout de suite elle-même; (& c'étoit notre hôte, qui logeoit au second, & qui n'y étoit pas.) Elle s'en douta. Messieurs! dit-elle en apostrophant la foule qui s'étoit arrêtée devant la porte, je vous prends tous à témoins! Vous voyez ce qui en est: il m'a battue, (cela n'étoit pas vrai,) je suis maltraitée! Une femme d'honneur comme moi? Eh vîte! eh vîte! allez chez le Commissaire, il me connoît bien, c'est moi qui le fournit; on n'a qu'à lui dire que c'est chez Madame Dutour: courez-y, Madame Cathos, courez-y, ma mie! crioit-elle à une servante du voisinage; le tout avec une cornette, que les secousses que le Cocher donnoit à ses bras avoient rangée de travers.

Elle avoit beau crier, personne ne bougeoit, ni Messieurs, ni Cathos.

Le Peuple à Paris n'est pas comme

ail-

ailleurs : en d'autres endroits, vous le
verrez quelquefois commencer par être
méchant, & puis finir par être humain.
Se querelle - t - on ? il excite, il anime.
Veut-on fe battre ? il fépare. En d'autres Païs, il laiffe faire, parce qu'il continuë d'être méchant.

Celui de Paris n'eft pas de même : il
eft moins canaille, & plus peuple, que
les autres peuples.

Quand il accourt en pareil cas, ce
n'eft pas pour s'amufer de ce qui fe
paffe ; ni comme qui diroit pour s'en
réjoüir ; non, il n'a pas cette maligne
efpieglerie-là : il ne va pas rire, car il
pleurera peut-être ; & ce fera tant mieux
pour lui : il va ouvrir des yeux ftupide-
ment avides, il va joüir bien férieufe-
ment de ce qu'il verra ; en un mot,
alors il n'eft, ni poliffon, ni méchant :
& c'eft en quoi j'ai dit qu'il étoit moins
canaille ; il eft feulement curieux, d'une
curiofité fote & brutale, qui ne veut ni
bien ni mal à perfonne, qui n'y entend
point d'autre fineffe que de venir fe repaî-
tre de ce qui arrivera. Ce font des émo-
tions d'ame, que ce peuple demande :
les plus fortes font les meilleures ; il cher-
che à vous plaindre fi on vous outrage,
à s'attendrir pour vous fi on vous bleffe,

à frémir pour votre vie ſi on la menace : voilà ſes délices ; &, ſi votre ennemi n'avoit pas aſſez de place pour vous battre, il lui en feroit lui-même, ſans en être plus mal-intentionné, & lui diroit volontiers : Tenez, faites à vôtre aiſe, & ne nous retranchez rien du plaiſir que nous avons à frémir pour ce malheureux. Ce n'eſt pourtant pas les choſes cruelles qu'il aime ; il en a peur au contraire : mais, il aime l'effroi qu'elles lui donnent : cela remue ſon ame, qui ne ſçait jamais rien, qui n'a jamais rien vû, qui eſt toûjours toute neuve.

Tel eſt le Peuple de Paris, à ce que j'ai remarqué dans l'occaſion. Vous ne vous feriez peut-être pas trop ſouciée de le connoître ; mais, une définition de plus ou de moins, quand elle vient à propos, ne gâte rien dans une Hiſtoire : ainſi, laiſſons celle-là, puiſqu'elle y eſt.

Vous jugez bien, ſuivant le portrait que j'ai fait de ce Peuple, que Madame Dutour n'avoit point de ſecours à en eſpérer.

Le moyen qu'aucun des aſſiſtans eût voulu renoncer à voir le progrès d'une querelle qui promettoit tant ; à tout moment on touchoit à la cataſtrophe.

phe. Madame Dutour n'avoit qu'à pouvoir parvenir à frapper le cocher de l'aune qu'elle tenoit : voyez ce qu'il en feroit arrivé avec un fiacre.

De mon côté, j'étois défolée : je ne ceffois de crier à Madame Dutour, Arrêtez - vous ! Le cocher s'enroüoit à prouver, qu'on ne lui donnoit pas fon compte ; qu'on vouloit avoir fa courfe pour rien, témoins les douze fols, qui n'alloient jamais fans avoir leur épithe-te : &, des épithetes d'un cocher, on en foupçonne l'incivile élégance.

Le feul interêt des bonnes mœurs devoit engager Madame Dutour à com-pofer avec ce miferable. Il n'étoit pas honnête à elle de foutenir l'énergie de fes expreffions : mais, elle en devo-roit le fcandale, en faveur de la rage qu'elle avoit d'y répondre ; elle étoit trop fâchée, pour avoir les oreilles délicates.

Oui, malotru ! oui, douze fols : tu n'en auras pas davantage, difoit - elle. Et moi, je ne les prendrai pas, douze diableffe, répondoit le cocher. Enco-re ne les vaux-tu pas, continuoit-elle. N'ès - tu pas honteux, fripon ? Quoi ! pour venir d'auprès de la Paroiffe ici ? Quand ce feroit pour un caroffe d'Am-

E 2

baffabaſſadeur. Tiens, jarni de ma vie, un denier avec, tu ne l'aurois pas. J'aimerois mieux te voir mort, il n'y auroit pas grand' perte : & ſouviens-toi ſeulement, que c'eſt aujourd'hui la Saint Matthieu, bon jour, bonne œuvre : ne l'oublie pas, & laiſſe venir demain ; tu verras comme il ſera fait. C'eſt moi qui te le dis, qui ne ſuis pas une chiffonniere, mais bel & bien Madame Dutour, Madame pour toi, Madame pour les autres, & Madame tant que je ſerai au monde. Entens-tu ?

Tout ceci ne ſe diſoit pas ſans tâcher d'arracher le bâton des mains du cocher, qui le tenoit, & qui, à la grimace & au geſte que je lui vis faire, me parut prêt à traiter Madame Dutour comme un homme.

Je crois que c'étoit fait de la pauvre femme : un gros poing de mauvaiſe volonté, levé ſur elle, alloit lui apprendre à badiner avec la moderation d'un fiacre, ſi je ne m'étois pas hâtée de tirer environ vingt ſols, & de les lui donner.

Il les prit ſur le champ, ſecoüa l'aune entre les mains de Madame Dutour aſſez violemment pour l'en arracher ; la

jetta

jettá dans son arriere boutique, en-
fonça son chapeau en me disant: Grand
merci, mignone, sortit de-là, & tra-
versa la foule qui s'ouvrit alors, tant
pour le laisser sortir, que pour livrer
passage à Madame Dutour, qui vouloit courir après lui, que j'en empé-
chai, & qui me disoit que, Jour de
Dieu! je n'étois qu'une petite sote.
Vous voyez bien ces vingt sols-là,
Marianne; je ne vous les pardonnerai
jamais, ni à la vie, ni à la mort: ne
m'arrétez pas; car je vous battrai.
Vous étes encore bien plaisante, avec
vos vingt sols, pendant que c'est votre
argent que j'épargne? Et mes douze
sols, s'il vous plaît, qui est-ce qui me
les rendra? (car, l'intérét chez Madame Dutour ne s'étourdissoit de rien.)
Les emporte-t-il aussi, Mademoiselle?
Il falloit donc lui donner toute la boutique.

Eh! Madame, lui dis-je, votre
monnoye est à terre; & je vous la ren-
drai, si on ne la trouve pas: ce que je
disois, en fermant la porte d'une main,
pendant que je tenois Madame Dutour
de l'autre.

Le beau carillon! dit-elle, quand
elle vit la porte fermée; ne nous voilà

pas mal ! Ah ça, voyons donc cette monnoye qui eſt à terre, ajouta-t-elle, en la ramaſſant avec autant de ſens-froid que s'il ne s'étoit rien paſſé. Le coquin eſt bien heureux que Toinon n'ait pas été ici : elle vous auroit bien empêché de jetter l'argent par les fenê-tres ; mais, il faut juſtement que cette begueule-là ait été dîner chés ſa mere. Malepeſte ! elle eſt un peu meilleure menagere ! Auſſi n'a-t-elle que ce qu'el-le gagne, & les autres ce qu'on leur donne : au lieu que vous, Dieu merci, vous êtes ſi riche ; vous avez un ſi bon tréſorier, pourvû qu'il dure.

Eh ! Madame, lui dis-je avec quel-que impatience, ne plaiſantons point là-deſſus, je vous prie : je ſçais bien que je ſuis pauvre ; mais, il n'eſt pas neceſſaire de m'en railler, non plus que des ſecours qu'on a bien voulu me donner. Et j'aime encore mieux y renoncer, n'avoir rien, & ſortir de chez vous, que d'y demeurer expo-ſée à des diſcours auſſi deſobligeans.

Tenez ! dit-elle, où va-t-elle cher-cher que je la raille ? A cauſe que je lui dis qu'on lui donne ? Hé pardi oui, on vous donne, & vous prenez, comme de raiſon : à bien donné, bien pris.

pris. Ce qui est donné n'est pas fait pour rester-là peut-être; &, quand on voudra, je prendrai : voilà tout le mal que j'y sçache, & je prie Dieu qu'il m'arrive. On ne me donne rien, je ne prens rien ; & c'est tant pis : voyez de quoi elle se fâche ! Allons, allons, dînons : cela devroit être fait ; il faut aller à Vêpres. Et, tout de suite, elle alla se mettre à table. Je me levai pour en faire autant, en me soûtenant sur cette aune que Madame Dutour avoit remis sur le comptoir ; & je n'en avois pas trop besoin.

Il me faudroit un chapitre exprès, si je voulois rapporter l'entretien que nous eûmes en mangeant.

Je ne disois mot , & je boudois. Madame Dutour, comme je crois l'avoir déja dit, étoit une bonne femme dans le fond , se fâchant souvent au-delà de ce qu'elle étoit fâchée ; c'est-à-dire, que de toute la colere qu'elle montroit dans l'occasion , il y en avoit bien la moitié dont elle auroit pû se passer, & qui n'étoit-là que pour représenter. C'est qu'elle s'imaginoit que plus on se fâchoit, plus on faisoit figure ; &, d'ailleurs, elle s'animoit elle-même du bruit de sa voix : son ton,

quand

quand il étoit brufque, engageoit fon efprit à l'être auffi. Et c'étoit de tout cela enfemble que me vint cette enfilade de duretés, que j'effuyai de fa part. Et ce que je dis-là d'elle n'annonce pas des mouvemens de mauvaife humeur bien opiniâtres, ni bien ferieux ; ce font des bêtifes, ou des enfances, dont il n'y a que de bonnes gens qui foient capables : de bonnes gens, de peu d'efprit à la verité, qui n'ont que de la foibleffe pour tout caractere ; ce qui leur donne une bonté habituelle avec de petits défauts, & de petites vertus, qui ne font que des copies de ce qu'ils ont vû faire aux autres.

Et telle étoit Madame Dutour, que je vous peins par hazard, en paffant. Ce fut donc par cette bonté habituelle, qu'elle fut touchée de mon filence.

Peut-être auffi s'en inquiéta-t-elle à caufe de la menace que je lui avois faite de fortir de chez elle, fi elle me chagrinoit davantage : ma penfion étoit bonne à conferver.

A qui en avez-vous donc ? Me dit-elle : comme vous voilà muëte & penfive ! Eft-ce que vous avez du chagrin ? Oui, Madame : vous m'a-

vez

vez mortifiée, lui répondis-je, sans la regarder.

Quoi! vous songez encore à cela? reprit-elle. Eh! mon Dieu, Marianne, que vous êtes enfant! Qu'est-ce donc que je vous ai dit? Je ne m'en souviens plus. Est-ce que vous croyez, quand on est en colere, qu'on va éplucher ses paroles? Eh! pardi, ce n'est pas pour s'épiloguer, qu'on vit ensemble. Hé bien! j'ai parlé un petit brin de Monsieur de Climal: est-ce cela qui vous fâche, à cause que c'est lui, qui prend soin de vous, & qui fait votre dépense? Est-ce-là tout? Gageons, parce que vous n'avez ni pere ni mere, que vous avez cru encore que je pensois à cela. Car, vous êtes d'un naturel soupçonneux, Marianne; vous avez toujours l'esprit au guet. Toinon me l'a bien dit: &, sous pretexte que vous ne connoissez point vos parens, vous allez toujours vous imaginant qu'on n'a que cela dans la tête. Par hazard, hier avec notre voisine, nous parlions d'un enfant trouvé, qu'on avoit pris dans une allée; vous étiez dans la salle, vous nous entendîtes: n'allâtes-vous pas croire, que c'étoit vous

que

que nous difions ? Je le vis bien, à la mine que vous fites en venant ; & voilà que vous recommencez encore aujourd'hui ? Et je prie Dieu, que ce foit-là mon dernier morceau, fi j'ai non plus penfé à pere & mere, que s'il n'y en avoit jamais eu pour perfonne. Au furplus, les enfans trouvés, les enfans qui ne le font point, tout cela fe reffemble ; & fi on mettoit là tous ceux qui font comme vous, fans qu'on le fçache, s'il falloit que le Commiffaire les emportât, où diantre les mettroit-il ? Dans le monde, on eft ce qu'on peut, & non pas ce qu'on veut. Vous voilà grande & bien faite ; & puis Dieu eft le Pere de ceux qui n'en ont point : Charité n'eft pas morte. Par exemple, n'eft-ce pas une Providence, que ce Monfieur de Climal ? Il eft vrai, qu'il ne va pas droit dans ce qu'il fait pour vous ; mais, qu'importe ? Dieu mene tout à bien : fi l'homme n'en vaut rien, l'argent en eft bon, & encore meilleur que d'un bon chrétien qui ne donneroit pas la moitié tant. Demeurez en repos, mon enfant ; je ne vous recommande que le ménage. On ne vous dit point d'être avaricieufe. Voilà que ma

fête

fête arrive, quand ce viendra la vôtre, celle de Toinon, dépenſez alors, qu'on ſe régale, à la bonne heure ; chacun en profite : mais, hors cela, & dans les jours de carnaval où tout le monde ſe réjoüit, gardez-moi votre petit fait.

Elle en étoit-là de ſes leçons, dont elle ne ſe laſſoit pas, & dont une partie me ſcandaliſoit plus que ſes bruſqueries, quand on frappa à la porte. Nous verrons qui c'étoit dans la ſuite. C'eſt ici, que mes Avantures vont devenir nombreuſes, & intereſſantes. Je n'ai pas encore deux jours à demeurer chez Madame Dutour : & je vous promets auſſi moins de Réfléxions, ſi elles vous fâchent ; vous m'en direz votre ſentiment.

Fin de la ſeconde Partie.

J. V. Schley fecit 1736.